2

뻐꾸기 뻐꾸기 뻐꾸기

집으로 가는데 뻐꾸기 소리가 들렸다
건물과 건물 숲 사이 자리를 옮겨 가며
모습은 나타내지 않고 들려오는 소리
버스 안에서도
자꾸만 뻐꾸기 소리가 따라왔다
차창 속으로 둥근 손잡이 속으로 툭툭 튀어나와
이런 뻐꾸기 같은 세상
문을 걸어 잠그고 누워도 집요한 시계 초침처럼
뻐꾸기 뻐꾸기 소리가
골수로 귓속으로 파고들어
아, 내가 사는 도시에는 왜 이렇게 뻐꾸기가 많을까
뻐꾸기 소리가 듣기 싫다 뻐꾸기 소리가 듣기 싫다 뻐
꾸기 소리가 듣기 싫다
고개를 흔들며 외치다가
어느새 내 목소리가 뻐꾸기 소리가 된 것 같다
뻐꾸기 뻐꾸기 뻐꾸기
혹시 뻐꾸기는 내 안에서 나오는 것이 아닐까
심장 속에 혈관 속에 목젖 속에
온몸 구석구석 살고 있는 수많은 뻐꾸기
밤 깊은 안식을 깨뜨리며 뻐꾸기 소리를 내는
정말 나는 한 마리 뻐꾸기인 것 같다

맹숭맹숭

할 일 없다 맹숭맹숭
누워 있다가 멍하니 천장을 바라보다가
다시 일어나 앉았다
초 간격으로 생각들이 몰려왔다가 금세 지워졌다
맹숭맹숭 재미있는 일 없을까
신문을 보다가 텔레비전을 켰다
화면들이 몰려왔다가 금세 바뀌었다
저렇게 많은 장면들을 어떻게 다 기억할까
텔레비전을 끄고 다시 누웠다
맹숭맹숭 형광등에 붙은 파리 똥이 저렇게 커 보일 줄
이야
별똥 같은 눈알로 나를 벌레처럼 내려다본다
맹숭맹숭한 시간 속으로 아 그런데 왜 전화벨은 자꾸
울리는 것일까
나를 찾는 것일까? 없는 나를?
창문에는 너무도 많은 햇빛들이 쏟아져 들어오고
지붕 위에는 수많은 태양들이 알 수 없는 교실들이
밤에는 불빛들이 줄지어 떼 지어 밝기를 다투는데
말들은 밤새 찍혀 벽돌을 쌓는데
모두 어디로 치닫고 있는 것일까

남극까지? 저 두 발로 걷는 펭귄의 무덤까지?

또 전화벨이 울리고 초 간격으로 벽돌들은 찍혀져 나
오고

바람은 너무 늦었다고 조르며 문고리를 흔드는데

한낮에 내 지붕의 모든 안테나를 꺼 버린 나는

맹숭맹숭 갑자기 너무 할 일이 없다

유월의 집

유월의 집에 있었다.
낮보다 밤이 더 길었던 집
산소가 부족해서 목을 천장으로 빼던 집
서걱서걱 숨소리가 꿈을 조여 오던 집
꿈이 조이며 새벽 아카시아 향기에 몽정을 하던 집
유월의 집에 오래 있었다

길 밖으로 버드나무 이파리들이 사연 많은 머리카락처
럼 늘어진 집
처마 밑에 지루한 장마는 그치지 않고
어떤 바퀴가 우리를 끌고 가는 것일까
끈끈이주걱 같은 손이 우리의 머리를 물속으로 처넣었다.
고개를 들면 물에 부푼 어머니 너무 큰 부피에 숨이 막혀
다시 물속으로 들어가야 했던 집

마루 밑에 나오지 않던 어둠처럼
그 집의 어둠은 꼭꼭 숨고
유월의 밤은 누군가 불쑥 나타나 발목을 채 갈 것만 같
아 불안했다.
웅크린 툇마루

참아도 자꾸 쏟아지는 잠 속에 웬 비는 그렇게 내렸을까
  그때 삐꺼덕 문을 열고 빗속으로 걸어오던 이는 누구였
을까

  아스라이 물안개 속으로 유월의 집은 흐르고
  흘러서 제자리의 유월의 집을
  나는 언제 나올 수 있을까
  어른거리는 물그림자 자꾸 떠오르는데
  많이 거슬러 나온 것 같은데
  여름의 땀띠를 기억해야 할 집
  태초에 내가 문을 열고 나왔던 집
  아직도 그 집인 유월의 집

아카키 아카키예비치에게

바보처럼, 그깟 외투 하나 가지고

체불된 임금을 받지 못했다네
탄불이 꺼진 방에는 벌레 한 마리 없고
12월이 끝난 겨울은 그야말로 싸늘한 주검과도 같다네
나는 피곤한 몸을 이끌고
무교동에서 종로로
종로에서 시청으로 걸어갔네
길을 묻는 것은 수시로 흔들며 빈 가로수를 지나가는
바람뿐
저녁 귀갓길에 사람들이 내뿜는 입김은
세상을 쓰러뜨릴 것 같아
자주 예쁜 여자들 빨간 외투를 입고 지나갈 때면
불현듯 배가 고파
허허한 여의도 빌딩 가운데서
그만 소리를 질러 버리고 말았네
저 불빛들은 무엇이란 말인가
하늘은? 땅은 저 질긴 편육들은?
집어던질 돌멩이 하나 없이 돌아왔지만
자네처럼 시름시름 앓지는 않는다네

땅은 주검을 호락호락 받아 주지 않는다

땅은 주검을 호락호락 받아 주지 않는다

조은 시집

●

민음의 시 38

민음사

自序

지하철 속에서, 만원 버스 속에서, 밀리며 출구를 찾지
못하며 하루를 시작한다. 몸만 부딪치는 (아, 정신은
다 어쩌고) 밀폐된 공간 속에서……
사람이 사람답게 살 수 있는 세계, 그런 세계가 있다면,
정녕 있기만 하다면, 이곳의 몸과 마음이 이보다는 편
하리라.

내게 서툰 사랑의 흔적들을 남길 수 있게 해 준 분들께
깊이 감사드린다.

1991년 3월
조은

차례

지금은 비가 ……

벼랑에서 만나자. 부디 그곳에서 웃어 주고 악수도 벼
랑에서 목숨처럼 해 다오. 그러면 나는 노루 피를 짜서
네 입에 부어 줄까 한다.

아, 기적같이
부르고 다니는 발길 속으로
지금은 비가 ……

오늘은

　고구마의 전분, 사람의 피, 소의 젖, 그런 것들이 별로 보인 오늘은 나의 하늘이 나를 짓이겼습니다. 하늘의 별, 사람의 눈, 나무의 잎사귀, 뿌리, 가지, 돌멩이 모두 흘러들어 허둥대는 나를 짓이겼습니다. 하늘이 마구 흘러내렸습니다.

　힘겹게 강을 건너온 바람이 너덜거리는 손가락만 보이고 짚단처럼 쓰러졌습니다. 그러나 벌판의 한 그루 나무가 무너지는 하늘을 받치고 나의 이마로 걸어왔습니다.

　종일 별이 나를 끌어 큰 산맥을 떠넘기고 나는 냇가 바위처럼 가라앉았습니다. 가라앉아 차갑게 타고 있었습니다.

과수원에서

자두나무 그림자가 내 머리를 밟고 가다
거름 더미에 빠진다.
그림자를 꺼내
반대 길을 알려 준 하루가 저문다.

　늘 그랬다. 굽은 논둑길을 질러오는 확성기 소리에 귀
는 한꺼번에 열렸다. 그들은 먼지를 일으키며 새 묘목을
심었다. 자두나무는 복숭아나무의 뿌리를 밀치며 꽃을 퍼
올렸다. 하락하는 자두 값과 함께 여름이 가고 사람들은
가슴속에 돌을 심었다. 겨냥하지 못한 돌덩이를 안고 그
들은 구덩이에 더 깊이 빠졌고 세월도 그들을 옮겨 심지
못했다. 늘 그랬다. 포기한 청춘처럼 아무렇게나 과일을
퍼질러 놓은 나뭇가지에 마을이 찔려 버둥거리는 광활한
늪이었다.

전원일기(田園一期) 1

그곳으로 옮기는 이삿짐을 꾸리며 가족들은 평화로운
날들이 주렁주렁 열리리라 믿었다. 즐비한 돼지우리와 뒷
간 악취도 신비롭던 그 봄 잡목 숲을 일궈 과실나무를 심
었다. 어린 과실나무가 빗물을 걸러 먹는 소리를 들으며
우리의 낮잠은 달고 깊었다. 빗물에는 삭정이들만 떠내려
갔다. 야산을 감싼 꽃잎은 넓었고 인근 비행장을 이륙하
는 비행기 소리에 비탈의 도라지 밭이 세상을 희끗희끗
열었다. 아버지는 포클레인이 작업을 하고 있는 곳으로
가며 저수지에서 발을 씻었다. 아버지의 물살이 저수지에
가득 찼다. 멀리서 보는 아버지는 잔잔히 굽이쳐 산 하나
를 넘어갔다.

전원일기(田園一期) 2

연일 폭락하는 값에 판매를 위탁한 과일이 실려 나가고
아버지가 뿌리치는 밥상이 마당에서 우주처럼 돌았다
아버지의 분노는 나뭇가지 끝으로 치달았다
농한 과일들이 마당까지 굴러 와
그곳의 아버지를 자극했다
발길이 끊긴 이웃에서 날아오는 웃음과
된장 냄새를 따라다니는 내 모습이 서러워 올려다보는
하늘에서
흙바람이 일어 나를 가두었다
밤마다 부엌에서 범죄처럼 소리 죽여 밥을 먹어도
밥을 먹고 물을 마셔도 아버지와 공유하는 허기 속에는
어둠만 깊이 물살 쳤다
암울하게 굴러가는 세상을 발목에 차고 마당에 서서 보면
아버지의 그림자가 문에 꽉 끼어 날마다 신음했다
늑골에 박힌 내 별이 불길하게 떨었다
새벽부터 아버지의 방 앞을 뒹구는 과일을 쓸어 모아
돼지우리에 처넣는 나를 피해 동네 사람들은
발소리를 줄여 들판으로 갔다

전원일기(田園一期) 3

새로 개간한 밭에는 담배를 심었다
허탈하게 빛나는 가족들의 눈과
잎이 무성한 담배 밭에는 산들이 겹쳐져 끝이 안 보였다
건조실을 짓고 담배 건조기를 들여놓으며 담뱃순을 따며
임박한 죽음을 준비하듯 우리는 일을 줄였다
무더위에 갇힌 허리를 펴면
담배 밭 곳곳에서 품을 온 여인들이 솟아올랐다
까마귀 떼가 맴돌다 흩어져 앉았다
경운기에 담뱃잎을 실어 주고 돌아서는 아버지의 어깨에
정오의 태양이 걸렸다 살이 타는 냄새를 맡으며
담배 밭이 우리의 몸 위로 요동쳤다
하루는 길었다 몇 차례의 질풍이 지나가고
독충이 어둠을 질러 우리 집으로 날아오고
우리의 몸체가 자주 어둠의 입을 드나들었다 어두운
그 어디라도 내 몸보다 밝았다 그러나
무엇에 우리는 갇히고 있는가 무엇이
우리를 황폐하게 일으켜 살아 있게 하는가
내 몸을 먹으며 빠르게 자라는 독기가
나를 재웠다 하루 하루
불분명하게
하 등급을 받은 담뱃잎처럼

전원일기(田園一期) 4

　새들이 돌아와 집을 지었다 밤 깊어도 새들은 잠들지
못하고 끄으윽 끄으윽 가족들을 쪼아 댔다 새가 쪼아 대
는 곳에 고름이 차올라도 아무도 그 상처를 들여다보지
않았다 아버지는 괭이를 휘두르며 울부짖으며 세상을 찍
었다 그곳에서 우리의 믿음은 얼마나 허술했던가 괭이에
찍힌 비료 포대와 그곳을 이탈하던 독한 안개, 논밭의 잡
초들은 넉넉한 그늘 아래 곡식들을 다스렸다 끄으윽 끄으
으윽 마음껏 우리를 넘나들던 산천이며 초목이며 어린 새
들이 마당 여기저기 빨갛게 주둥이를 말리며 머물렀다 그
새들의 날갯짓에 어둠은 두텁게 일어 햇빛이 우리 집에
닿기까지는 한나절도 부족했다 떠나올 그날까지

산

그가 가는 곳으로 아치형의 길이 닫혔다. 산의 원래 모습은 저런 것일까. 도깨비바늘이 파고드는 그의 살 속에서 친숙한 말들이 수더분히 떨어졌다. 습한 웃음이 날아올랐다. 우리는 멈춰 상수리나무를 흔들었다. 쉬고 싶은 씨앗들이 우루루 일어섰다. 숲이 끝나는 곳에서는 언제나 빛이 온전했다. 나뭇잎에 묻힌 그와 내 몸이 우연히 빛났다. 지층에 섞이는 산 그림자. 숲을 타고앉은 태양이 어두워지도록 우리는 가을 산에 말려들었다. 간혹 뒤쳐진 그가 보이지 않았다. 허기진 들짐승의 울음소리를 흘리며 산이 몸을 뒤척였다. 산은 우리를 동요하며 며칠을 쉴 새 없이 비워지고 있었다.

숲

우리가 발을 디딜 때마다 숲이 깊어진다. 둥치 큰 나무
의 나이테와 뿌리를 따라 걷다가 우리는 나무 속으로 뛰
어든다. 혹이 많은 바람이 지나간다. 누가 웃을 때 줄기
혹은 잎에 옷자락이 비친다. 나무들은 잎을 해초처럼 늘
이며 기우는 해에 매달리고 바람은 숲에서 굽은 것을 구
부린다. 숲은 때로 숫돌처럼 번들거린다. 흥이 많은 사람
들은 얏호! 야앗호! 허연 뿌리를 내놓은 몇 그루 나무가
보이는 비탈 아래 풀들이 허리까지 두리번거린다. 나무들
이 하늘을 이룬 숲에서는 어둠은 나뭇가지나 풀잎 끝을
둥글리며 숲을 저벅저벅 걸어 다닌다. 누구의 손을 따라
우리들의 허리가 아래 마을의 입구까지 굽는다. 언덕을
내려가는 우리들의 다리에 붉은 흙이 필사적으로 매달려
있다. 돌아보니 숲은 왜소하다. 아, 숲으로 날아가는 새
들이 신기하다.

산이 무너지고

1
그는 섬기던
산이 무너진 곳에 밭을 일구었다
깊고 깊은 지평선에는 모래가 날리고
교회의 첨탑만을 내밀고 마을은 숨어 있다
바람이 지나간다
바람이 불어오는 곳으로 반전하는
목화밭이 깊은 샘물처럼 깨끗하다

2
어둠이 진흙처럼 차 들어온다
목화송이는 제 의지대로 흔들리지 않는다
별도 비어 있다
새 우는 소리가 사막보다 깊다
두고 온 가족처럼 닿고 싶은 경지처럼 마을은
가깝고도 머얼고
그의 몸에서 떨어져 나가는 흙에
밤의 한구석이 반짝거린다

그가 여는 문에는

아직도 이곳에는 해가 뜬다. 능선 아래 집들이 넘치는 들판으로 농부들을 꾸역꾸역 토해 내고 까맣게 탄 그림자를 단 농부들을 건너 놓는 강 저편 새소리는 맑다. 아침 햇살에 가려 들판은 지워졌다 나타나고 곳간을 맴도는 아버지의 기침 소리가 인분에 섞여 자욱하다. 아버지, 우리 가족이 이고 있는 그 지붕이 펄럭인다. 그가 여는 문에는 바람이 스산하고 소의 잔등이 가린 헛간이 일생처럼 어둡다.

빈 달

첨벙첨벙 물 건너는 소리
잠잠하다

누군가 오고 있다
오고 있다 누가
그녀의 배꼽에서 회오리바람이 일고 있다

내 집 다락방을 들락거리는
쥐 한 마리가 물어 나르는 비타민
햇빛, 머리칼, 비누 향, 짐승 같은 울음
그만큼의 물
그만큼의 우회(迂廻)

물싸움
푸덕푸덕 흩어지는 새 떼

꽉 쥐어짜인 나의 뼈마다
낯선 항구에 흔들리는 불빛 같은
금이 그인다

겨울나무

줄기를 버린 나뭇잎들이 지평선을 들어올리며 무너지고
있었다. 배신 같은 정적과 동이 트고 뭉개진 나뭇잎들이
나무의 밑동을 들이받으며 어디론가 가고 있었다. 잿빛으
로 변해 버린 나뭇가지들. 능선의 좁은 길을 갉아먹으며
나뭇잎들은 바람을 몰고 다녔다. 눈이 내렸다. 흩어졌다
모이고 또다시 흩어지는 나뭇잎에 깔려 꿈처럼 바스라지
는 눈송이들. 눈발을 이고 있는 나무가 지워지고 있었다.
휘인 나뭇가지 사이로 언뜻 하늘이 꿈틀거렸다. 슬금슬금
눈이 녹아내렸다.

파꽃

가까이하면 눈물이 난다

너의 방을 두드리는
내 몹시도 발목이 비틀거렸다

가까이하면 눈물이 나는 존재여
가까이하면 눈물이 나는 존재여

머리 숙이고 있어도 몇 발짝 앞
문 잠그는 너의 손가락이 보였다
간혹 보였다

눈이 다 감기도록 우울하고 신선한 존재여
긴 밤을 위해
핏줄 사이로 끈끈한
바람이 걸어 다니기 시작한다

캄캄하게 채워진 내 몸의 단추가
하나씩 하나씩 풀어지기 시작한다
파꽃이여

그는 햇볕이 봄눈만큼 짧게 남은 도시를

　머칠을 저기압골과 농약 냄새가 웅얼거리던 골짝 위로 달이 솟아올랐습니다. 그는 햇볕이 봄눈만큼 짧게 남은 도시를 간신히 빠져나와 그 냇가에 닿았습니다. 두 손으로 물을 퍼 올리는 물속 그의 어깨 위에 달이 가서 털썩 주저앉았습니다. 그의 허벅지로 발등으로 질퍽하게 흘러내리는 농약에 향기로운 달빛! 그는 왕릉만 한 정적 속으로 빨려 들어가며 몇 사람을 그가 되돌아가야 할 길목에 남겨 두었습니다.

병(病)

(그는 그의 그림자에 끌려 혼자 그들을 떠나왔다 그들
이 가고 있는 그곳은 떠나온 나의 확신 때문에 갈수록 불
완(不完)했다)

사람들의 눈빛이 그의 골수 속에서 날을 세우고 있었다.

높은 산 그림자가 흩어지며 어른거렸다. 별이 우두둑
우두둑 으스러지는 그의 혼을 떠밀며 사람들이 내달렸다.
숨 가쁘게 포개지는 그들의 어깨는 신명난 들개처럼 별빛
을 토막 쳤다.

길은자궁속까지사람들을끌고들어가
수렁같은칭찬을아끼지않았다
그길의탯줄을말아쥔사람들의
다리가살찌고있었다

제구실을 못 하는 새벽 그의 뜰에는 날개를 접은 새
떼. 버석거리는 사람들의 목소리가 연일 그의 뜰로 흘러
들었다. 먼지가 앉은 꽃들은 속절없이 떨어졌다. 우우우
무섭게 달이 벙그는 그의 밤은 넓어져

사람들

　살아 있는 절망들이 엮이고 숲을 이룹니다. 하늘의 중심을 찌그러뜨리며 평야처럼 숲이 넓어집니다. 무덤 같은 정의가 즐비한 숲의 질서를 돌아가 보십시오. 설움이 마디마다 묻어 찐득거립니다.

섬

우리는 꿈틀거리는 안개 망 위로 머리를 필사적으로 들어올린다 안개가 목을 비트는 이곳에서 마주치는 우리들 눈빛은 빳빳한 지느러미를 일으켜 함께 침잠하다 불쑥불쑥 멈춘다 형체도 삭아 버린 대지를 쓰다듬으며 물소리가 안개 속에서 파문을 일으킨다 그때마다 우리들 머리 위로 키를 돋우며 안개망이 좁혀지고 우리들 몸에서도 물 흐르는 소리가 신비하게 고조된다 문득 안개가 가린 오늘 이 세상이 너무도 명료하다

밤이 덮은 나무들은 밤보다 더 어둡고

돌 하나를 주웠다. 비 내리는 철로 변에 별처럼 젖어
있었다. 기차가 반원을 그리며 지나간 뒤에도 오랫동안
돌들은 덜그럭거렸다. 바람이 뒤에서 불어오고 꽃들이 몸
을 놓아 버리고 떨어지는 그곳을 걸어 그린벨트를 지나고
다리를 건너고 이곳에 올 때까지 정말 별처럼. 반짝반짝
어둠을 균열시키며 돌들이 아직도 제 몸에 물 가두는 소
리. 돌 속 술렁이는 소리. 젖은 새들이 낮게 낮게 이동하
던 그 철로 변이 뒤척인다. 밤이 덮은 나무들은 밤보다
더 어둡고

반란처럼

소 한 마리가 어둠이 모이는 개울을 건너옵니다
소가 지나온 들판은 어둠을 물고 사방으로 몸을 젖힙니다
명랑하게 들리던 아이들의 웃음이
소의 발길마다 걸려 첨벙거립니다
길게 소가 울 때마다 달빛이 우수수 우수수
내가 없는 세상으로 이탈합니다
바람은 이 세상과 쟁기처럼 부딪치며 물속으로 가라앉고
어둠을 비끄러매며 별들은 차고 단단합니다
아이들 눈빛이 총총한 별에 걸려 헉헉거립니다
소 한 마리가 개울에서 물을 먹고 있습니다
굳어 있던 모래밭이 소의 등을 넘어 이곳으로 기울고
어두운 물의 걸림돌로 소는 멈춰 있습니다
뒷숲 벌레 울음이 낭자합니다
삐그덕거리는 문소리가 고조되고
소 한 마리가 개울을 건너옵니다
반란처럼 제 외양간으로

2

땅은 주검을 호락호락 받아 주지 않는다

흙 속 뿌리가 삽을 물고 놓아 주질 않는다.
흙 속 돌들이 삽을 물고 놓아 주질 않는다.
그의 주검 곁 방향을 잃은 개미들 등으로
잡풀 그림자가 희끗희끗 옮겨 다니고
우리를 받아 뼈를 앉힐 땅도
주검을 호락호락 받아 주지 않는다, 않는다, 않는다.
만물은 저마다 제 눈을 뜨고
하늘이 겨운 그림자를 낮은 곳에 널어 말린다.
울음이 삶에 쉬 섞이지 않는 이 순간
까치와 쓰르라미 개밥풀 둥근 나무의 많은 나뭇가지
개구리 파리 벌 모두 어우러져 바람을 일구고
부러진 나뭇가지 마른 잎에도 쉬고 있는 생물이 보인다.
바람이 빗기는 산. 그는 누워 있고
내일도 정직할 모습은 주검뿐인가.
산을 올라오는 것들이 모래로 날린다.
구석에 이렇듯 묻혀야 할 우리의 몸뚱이와
주검이 이토록 밋밋해서
이다지도 우리는 살아 있는 것인가. 알 수 없는 우리는
가면서 어디로 휘청거리는 것인가.
흙 속 뿌리는 삽을 물고 놓아 주질 않고

허공에 빠진 내 손은 무겁고 공허하고

다시 보는 하늘도 강도 허공에 머리를 두고 신음하는
구나.

세상은 우리의 그 무엇도 섣불리 받아 주지 않고

아카시아가 긁은 내 팔에 지금 고이는 것

살아 있는 것에는 눈물만 질벅하고

그늘

숲을 서성거린다.
숲은 하늘이 얼룩진 허공에서 뿌리를 틀고 있다.
바람은 본능으로 숲을 밟고 지나간다.
(숲이 거대하면 두려움이 거대하다)
문득문득 떨어져 나가는 나뭇가지를 물고
세상은 언덕 너머 너머

우리들 몸은 그늘로 꽉 차 있다.
바람이 불 때마다 거대하게 부풀며 숲은 한 몸같이
꿈틀거린다. 비대한 물소리를 따라 도는
풀들의 얽힌 허리 또한 난무하고
이곳에서 풀들은 일생 동안 정수리가 날카롭다.
멈춰 있는 물처럼 이토록 몸이 굳어 나는
한순간도 숲을 벗어나지 못하고
그늘만 일렁이며 눈빛을 바꾼다.
당신과 내가 만날 때는 그늘이 겹쳐진다.

태양은 오늘도 머리맡에 단내를 풍기고
하늘은 퇴색한 채
얼마나 완고하게 과거로 기우는지

하늘이 누렇게 탈색된 허공 속에는
드물게 뻗는 크고 울퉁불퉁한 뿌리에 부딪쳐
온종일 추락하는 것들과 그 아래로
썩고 있는 새의 주검들.
경직된 몸은 천천히 회전하며
깊고 더러운 것들을 뿌리로 감으며

사람과 사람이 어울려

사람과 사람이 어울려 집을 짓는다.
철근을 넣고 모래를 거르고
꿈처럼 벽돌을 키워 올린다.
외딴 섬벽을 기어오르는 바닷물이 저들의
온몸에서 번들거린다.
무더운 팔에 햇빛이 엉기고
굽은 등으로 걸터앉는 하늘
하늘에 가려 먼 곳이 안 보인다.
판넬과 모래를 실은 트럭을 몇 차례 비켜서며
터무니없이 나는 왜 오그라드는지.
풀꽃은 왜 떨어지는지.
바람은 왜 서는지.
꽃은 떨어져 어디를 찌그러뜨리고
신호등 앞 볏단같이 묶인 사람들이 보이는 이곳
무더운 바람이 범람하는 변두리
사람과 사람이 어울려 집을 짓는다.
시멘트 포대 쓸데없는 철사 토막
여자들도 보이고
하늘을 훑으며 가는 장화가 용기보다
외롭다. 질고 삐뚤은 바닥을 딛고 선 저들

하늘이 잠시 들먹거린다.
이 한낮 공사장
주변에서도 나는
하늘에 가려 먼 곳이 안 보이고

눈이 내리고 1

내가 찾아간 광산소 안까지 눈발이 따라왔다.
선탄(選炭)하는 여자들 뒤에는 이 세상 석탄 아닌 것들
이 쌓이고
두터운 석탄 가루 속의 그녀들 형체는 사그라들어
먼 곳의 불빛처럼 가물거렸다
그곳 갱은 막장으로 이어져 일어난 먼지들은 파들파들
떨었다
저탄장으로 실려 나가는 석탄을 적시며
무수히 숨어 있는 불꽃들을 적시며 눈은
타고 있는 것인지 익고 있는 것인지
광산소로 올라오는 작은 차를 감싼 풍경이
아주 잠시 푸근했다 그 순간 내 곁의 사물들이
사람처럼 걷돌았다
내려다보이는 길, 개천, 낮고 촘촘한 사택, 기차역
내 귓속에서 까마귀 울음소리가 맹렬하게 퍼덕거렸다
작업 교대 시간이 가까워지고 작업장 앞에는
몇몇 작부들이 서성이며 몸의 눈을 털었다
내 몸 어디가 떨고 있는가
눈이 덮는 이 세상 곳곳이 왜 이렇게 춥고 허전한가
덜그럭덜그럭 빈 도시락 소리로 집으로 돌아가는 광부들

주고받는 그들의 대화가 눈에 가려지고
하늘에 걸려 있는 미끄럽고 좁은 눈 위의 길들
눈은 그 위로 위로

눈이 내리고 2

산허리를 짚으며 오고 가는 기차가 유난히
더듬거린다 적막하게 묻히는 집들 추녀의
고드름 천수답 아래 아래 실개울
수확하지 않은 고추 밭이 어디론가 눈발을 날리고
눈에 앉은 내 그림자도 하염없이 날린다
산을 내려오던 길이 허옇게
멈춰 있다 도시를 등지고 이곳에 묻혀 있는 내 방 쪽으로
며칠을 지던 해의 윤곽도 보이지 않는다
지금은 무한정 멈춰 있는 세상이여 터지고
녹으며 높은 바위와 잡나무의 뿌리와 고추 밭
이 산 어디라도 갈증 나게 적셔 주리라 금방 찍은
내 발자국에도 탱자나무 가시에도 허공에도
눈은 풍성하고 집요하게 얼고 있구나 쌓인
눈을 일으켜 밀며 바람은 여기저기
지쳐 뒹군다 기적 소리가 마을을 폭설처럼
덮으며 지나간다 눈에 묻힌 고추 밭이
울컥울컥 일어선다 옆집의 노인은 시래기 다발을
풀고 있다 노인의 손놀림이 어제보다 무겁다 산 깊은
이곳의 하루는 버려진 고추 밭처럼 막막하고
산은 마을의 뒷덜미로 바위나 눈을

굴리기도 한다 그러나 어떤 일도 일어나지 않는
이 마을의 겨울
내가 찾아드는 산천은 맵고

눈이 내리고 3

거침없이 바다가 눈발 속으로 잠겨 들고 있다
수심을 딛고 선 섬들의 어깨가 굽고 있다
수평선이 분별없이 처지고 있다
정박하는 배들 그 달아오른 기름내가
바다를 따라 잠기는 내 후각에서 난무하고
떼 지어 방파제를 넘어오는 눈송이들
갯벌과 어부들과 정박한 배들을 둥글게 말며
눈은 김발처럼 나를 조여 오는구나
어둡고 막막한 내 삶이 찾아온 이곳에도 바다는 없는지
세상은 눈에 뭉쳐진 채 하나로 잠잠하다
언덕 위 소나무 숲도 잠잠하다
오늘 내 앞에 바다는 없는가
눈이 잠그고 있는 한 무리의 아이들이 눈을
뭉쳐 서로의 허점을 향해 쫓고 쫓기는 동안
비명과 탄성이 쾌활하게 섞인다 나는 눈을
크게 뭉쳐 바다에 던진다
눈 덩이에 묻은 모래들이 바다의 살 속으로 파고드는지
바다의 검은 등이 불쑥 솟구쳤다 가라앉고
해안선이 날카롭게 내 몸 위를 지나간다
눈이 내린다

세상은 한 가지 힘의 빛깔로만 풍성하고
내 바다가 어디서 이 순간에도 마르는 듯하구나
배들도 바다도 눈 아래로 드러눕고
소나무 숲 너머 내 바다 너머 눈이 달린다
무수한 눈의 미립자가

쓰레기 하치장 1

하천이 썩고 있다

야채 장수의 스피커 소리
고기 굽는 연기가 듬성듬성 섞이고
오물 더미보다 낮게 허리를 구부린 사내
언제나 눈 앞의
하늘이 급소처럼 아프다
빈틈없는 하늘을 비집고 가는 리어카
천막 높이 솟구치는 잠자리 떼

이 외곽의 그림자를 동쪽으로 옮겨 놓고
하루가 공평하게 시들고 있다

서울이여

쓰레기 하치장 2

멀지 않은 곳에서 밤 기차가 교차한다.
잡역부들은 폐품을 던지며 불기둥을 높이고
연기가 들어 올리는 늘 그 하늘이
오늘따라 적막하다.
어둠 속으로 주춤주춤 들어앉는 사물들 곁으로
뜸한 행인에게로 마른 풀숲으로 간간이
신화(神話)처럼 불씨가 날아온다.

화덕 위 라면이 끓고 있다.
뒤틀린 나의 이 하루가 몰고 오는 허기 속에는
어둠만 쌓여 묵직하고 날아와
내 몸에 앉았던 시간들이 트럭의 진동에
일어선다. 허술한 제복의 인부들은
쓰레기 더미를 중심으로 흩어지고 모이고 저들의
땀과 저들의 호흡과 저들의 희망과 반죽되며 그것들이
쓰레기 하치장을 둘러치고 빨갛게 달고 있다.

별들이 어느새 날카롭다.
어둠 속 내게로 이 도시의 허리로 빈 깡통 하나가 굴러
내리며

흔히 널려 있을 풀씨들을 깨운다. 빈 깡통 하나가
명멸하는 이곳의 어둠을 낮게 베며 뒹군다.
내가 서성거리는 곳에는
달도 없이 별만 날카롭다. 바람도.
번호가 매겨진 리어카들도 빈 나무의 뿌리도 어둠에 깔
려 있고
쓰레기 더미에서 가려져 따로 놓여 있는
안락의자, 팔레트, 밤색 구두 한 켤레

쓰레기 하치장 3

—태양이 불순하게 떠오른다 환청에 시달리는 사람들의 숨소리는
　거칠고

저들의 아이들은 이 둑길을 걸어 학교로 갔으리라
고여 있는 세상처럼
어제의 그 자리에서 태양은 지글거리고
저들의 웃음은 풍만한 햇빛에 눌려 눅눅하고 차갑다
어제도 또 오늘도
기이하게 그림자가 닳고 있는
버섯 같은 날들이 밑도 없이 넘치는

장관(壯觀)

장관이 코앞에서 라면을 먹고 있다
(아이처럼!)
조선일보 사회면 머리글자
'라면 다시 먹어도 되나' 라는 비만한 의문을 직위로 짊
어지고
안경을 코끝에 걸치고 면발을
감은 젓가락을 만인들 앞으로 끌어내며
(아이처럼! 여당 당원과 함께!)
정갈하게 맨 넥타이 위로 그들은 웃는 입매를 다듬고
있다
누렇게 익는 밀밭을 거칠게 밟고 지나가는 인적들이 보
인다
바람은 그들의 발걸음을 재촉하는구나
식탁에는 유리컵에 담긴 보리차(!) 국회의사당 식당에
앉은
장관은 지하 수천 미터에서 끌어올린 물처럼 환하고
무심코 그들은 무엇을 번쩍이고 있다
라면을 구심점으로 부챗살처럼 펼쳐 놓은
현 · 장 · 문 · 화의 그들 앞 식탁은 단조롭고 명쾌하고
1989년 11월 17일자 조선일보 사회면 흑백사진 속 라면

에서는

　조금도 김이 솟구치지 않는다

　흑과 백을 선별하는 순진이 무구한

　우리의 장관을 앞에 두고 나는

망월동에서

간밤 비에 사진 속 아들의 안색이 변했다고
노모는 손수 심었다는 꽃나무 그늘을 넓힌다
무덤 위 잔디를 어루만지며 초지장 같은 하늘만
올려 보는 노모와
우리들 모든 죽음 뒤의 세계는
즐비한 이곳의 봉분처럼 수북한 것인가
이곳을 찾는 사람들 눈빛처럼 스산한 것인가
내일도 의심스러울 이 땅을 둘러싸고 무덤들은
엉킨 채 풀릴 줄 모르고
아들이 묻힌 땅을 짚고
노모의 시선이 멎은 곳에는 무덤들이

알고 싶구나
오래도록 미동도 없는 노모가 가닿은 세계와
이 산을 찾아온 이들의 미래까지
바람 서는 소리만 사방에서 들리고
해갈되지 않는 의문에 이끌려
암담하게 확산되는

유월 땡볕 아래 우리는

떨고 있다
산을 부풀린 주검들이 일제히 되받아 올리는
이 땅의 평화여, 상처 하나 입지 않는

마이산에서

──악화되며 나를 덮쳐 오는 의혹이여. 그는 무엇을 굳게 믿어 이 많은
　돌들을 탑의 이름으로 재웠는가.

관광버스 몇 대분의 사람들이 돌탑을 배경으로
사진을 찍고 있다 일찍이 산을
굴러 내린 돌덩이들이 받쳐 든 탑의 몸체가
사진기를 들이대는 사람들 머릿속에 음지를 만든다
산을 불리는 스피커의 목탁 소리
바람도 헛발을 디뎠을 이 산 아래서
내가 마시는 물에는 짙은 흙냄새가 난다
(그를 잠그던 정적이 깊었으리라)
저 바람에 쓸리는 풀들의 몸뚱이 위로
번쩍번쩍 들리는 풀들의 눈빛처럼
돌탑을 쌓았을 사람의 그때 그 믿음처럼
탑들은 오늘도 아슬하고 견고하다
관광객의 말소리 사이로 물이 바위를 미는 소리
낮게 낮게 들려오고
그 어디서 날아오르는 새
새가 날아간 곳으로 나무들은 쉬지 않고 가지를 뻗는다
꽃이 피는 기척에 돌아보면
우는가 썩는가 잠잠한 꽃송이들 초목들
(그를 잠그던 정적이 깊었으리라)

돌탑들은 오늘도 견고하다
그대 삶의 골격이여
숨어 있는 의미여

나를 멈추게 하며

어른이 식사를 하고 계신다.
명동 지하도 계단에 앉아 잘린 대퇴부를
낡은 뼈를 내보이며
동전 몇 개를 육신 앞에 내세우며
오, 우리들 발길마다 채이는 먼지를 밥술에 얹어
식사를 하고 계신다.
당신의 내장이 우리의 마지막 문인가.
(내가 멈춘 이곳이 나의 시발(始發)인가)
빛을 차단하는 빌딩들의 모서리가
나와 당신의 머리 위에서 빛을 발한다.
어른이 식사를 하고 계신다.
좁고 낮은 당신의 식탁을 향해
사납게 내려오는 비둘기들이 보인다.

원자력 병원

본관 건물을 왼쪽으로 돌아가면 영안실이 있다
산을 넘어온 눈발이 멈칫거리는 그곳에서
병을 찾지 못한 한나절을 관절 사이에 끼우고
어머니와 내가 절룩거리는 동안 튼튼했던
희망을 의심하며 사람들은 하나 둘 집으로 돌아간다
명성이 높은 의사 앞으로 차트를 들이밀고 나온
우리는 번들거리는 벽마다 날아가던 새들과 함께 묻힌다
나무들은 빈 새집을 떠받들고 휑하니 서 있다
약속된 시간처럼 눈은 정확하게 멈추지 못하고
고음의 바람이 깨지는 소리만 쨍강쨍강
울음이 폭설로 널리는 영안실에서 업혀 나오는
여인의 벌겋게 달은 허리에도 두 눈 속에도
뒷걸음치는 내 몫의 하루라는 정수리에도 눈발이 몰린다
죽음으로 버무려진 삶을
움켜잡은 지상의 어머니와 나는

3

시(詩)

왜 이렇게 정강이 뼈가 덜그럭거릴까
혼자
문밖에 나와 앉는다
고향보다 친숙한 어둠의
새로 돋은 떡잎을 뜯어내며
네게로 가는 길 구석구석마다 불빛을 내거는
이 축축한 발광(發光)
이 축축한 풍요
아아 문득
저 먼 곳으로부터 못 박혀 오는
석탄같이 아득한 파도 소리
왜 이렇게 정강이 뼈가 덜그럭거릴까
오늘 이 밤이 천국만큼 멀다

사물(四物)

1 비

풀잎과 풀잎
사이가 헐거워진다 선인장 가시에 빗방울
찔린다 한 방울…… 두 방울…… 여섯
방울이 꿰이기 전에 떨어진다 이미
하나의 물방울 되어
웅덩이를
적시며 물이 차오르는 동안
흘러넘치지 않는다 우리의 물

2 꽃

바다, 작은 모래알들이 바다를 밀고 와서 해변에다 눕혔다

모래의 틈 속으로 이어진 좁은 길을 더듬으며 한 사람이 파도를 따라갔다

바다가 잡아당기고 간 모래의 귀뿌리를 따라 귀 밝은
사람들은 사람 사이로 오는구나

따로 남아 울다가 울음을 그치고 토하는 모래 한 줌에
향기가 났다

3 강

내리는 진눈깨비 사이로 가늘게
강이 흐른다
버스에서 내려 난감한
내 앞에서 강은
배회하는 진눈깨비를 거머쥐며
무디고 날쌔게 자신을 넓힌다
강변의 마른 집들을
움켜쥐고 한 발 더 앞으로 뻗어 나간다

가장 낮은 자세로
성숙하는

강의 저 율동

강을 찾아 모여드는 사람들
시선 밖 멀리까지
강물이 차오른다
둥, 둥, 둥, 둥둥둥둥둥둥둥둥
수평선이 처얼썩 하늘에 걸쳐진다

막 펼쳐 내는 첫 장의 꽃잎
그런 전류가 천지에 흐르고
마을 전체가 기름방울
하나의 무게로 떠오른다

진눈깨비가 내리고
바람이 불고

4 반도

노을이 씨방처럼 터진다

뒤척이는 나무들
뿌리 그 여린 끝으로 더듬어 내는
절벽 같은 희망이 반도(半島)의 빈 가지마다
고개를 내밀고
수그리고
반도의 빈 들에서
새 한 마리 날아오른다
반도가 육중하게 자유로워진다
이윽고 미끄러지듯
미끄러지듯 자전하는 지구

사랑의 위력으로

나를 사랑한다고 말하는 당신들의 말마다 모래가 날고
있다 언제나 이곳이 가파른 때문인가 내 곁에 쌓인 모래
들만 비탈져 오늘도 반짝인다 지쳐 누운 낙타인가 이 모
래언덕을 허물며 버둥대는 저것은 나를 꿈꾸게 할 것들은
수시로 문을 걸고 껵껵 울고 어두운 곳에선 별을 치부처
럼 들추며 날렵하게 당신들의 달이 살찐다

사랑한다 사랑한다 사랑한다 사랑한다

이 세상에서 사랑의 위력으로 날고 있는 모래의 말들아
사랑이 깊고 깊어 내가 있는 곳으로 올라오지 못하는

폭우

손톱이 시커먼 빗줄기가
줄기차게 마을을 뜯어내고 있었다
일 년 동안 머리털이
삼백육십다섯 번 다르게 자라나는
한반도
불쾌지수가 제로로 내려간 사람들
소식이 우당탕탕 쏟아졌다
이동하는 구름을 따라잡으며
자신에게 휘어 감긴 우리들의
탈색된 힘줄이
희망을 내재율로 깔고 사는 온 마을 사람들이
안전핀이 뽑힌 수류탄 같은 물길을
엇갈리며 급하게 합쳐 주고 있었다

웃을 때마다 물이

물이 빠진다 웃을 때마다
몸에 고인 한 모금의 물마저
빠진다 웃을 때마다
웃고 있는 나의 정강이께로
흙이 올라오며 철렁거린다

물의 충혈된 눈을 아무데서나
불쑥불쑥 보는 내가
이렇게 힘겹게 흙의 결을 풀고
발등을 뚫고 올라오는 이 매운 삶의
돌부리를 뽑아 던지고 있는 건가
내가 물로 내려 낮게
타오르고 있는 건가

물이 맑은 뿌리를 내 몸에 담고고 바다
멀리까지 이어진 것도 같고
내 몸에 머리를
두고 있는 것도 같고
늙은 저 농부의 주름이 깊은 골을 따라오며
샘이 얕은 나를 꿰뚫는 물을

흘리고 있는
사람들
사막처럼

소용돌이

땅을 파고 꽃씨를 묻으려다
꽃씨가 우는 것을 보았다.
뿌리 내려 다시 꽃피우기 두려운지
흙을 내려다보며 그 작은 평화를
천의 모양으로 부수고 있었다.
하늘이 흐렸다.
꽃씨 한 톨의 눈물이 나를 굴리며 세상 그득
낯선 불을 지르고 있었다.
정말 이상하게도 비는 오지 않고
한 톨 꽃씨가 나를 빼앗아
태풍의 눈처럼 묻히고 있었다.

이곳이 왜 이리 시끄러운가

몸 한 부위에 별을 달고 사람들이 딸랑딸랑 스쳐 간다
우왕좌왕하는 아이들의 날갯죽지가 암표처럼
불편하다 몇몇 아이들은
몸을 별 모양으로 오그리고
그림자를 몸속에 찔러 넣고

십자가

(멀리 가서 바람처럼
풀리고 싶어)

눈물도 은혜다
웃으며 웃으며 타오르는
저 뜨거운 망초 꽃
언젠가 다락방엔
쥐들마저 가고
손가락 한 마디도 포개지지 않는
그 피뢰침에는
별이 찔렸다

그림

일평생을 끌고 온 길이
그의 등을 밀고 있다.
타고 내려왔을 산들이 옷자락에
묻어 펄럭이고
그의 얼굴로
앞산 그림자가 다리〔橋〕처럼 걸린다.

저녁 무렵

1
서너 마리 참새가 올라앉은 빨랫줄이
아무래도 땅에 닿을 듯하다
사람과 사람의 터울 사이로
치석(齒石) 같은 어둠이 깔리고
죄 없는 바람 한 자락
빨랫줄을 지나가며 두 동강이 난다
무수한 바람의 허리를 뚝뚝
꺾어 버리는 우직한 사람들의 어깨선이
차츰 둥글어진다
얼핏
진화(進化)되지 않는 슬픔의 무게보다
가깝게 별이 보인다

2
모세의 머리털 같은 구름 한 자락에
노을이 가려져 있다
거리마다 골목마다 주인처럼
검은 소 떼가 몰려오고
부채의 손잡이 방향으로 귀가하는 사람들

아무도 뒤를 돌아보지 않는다
어디에 가서
돌이 되어 바람을 굴절시키는
단 한 사람을 만날 수 있으려나
천천히, 천천히 나는
돌들의 눈 속으로 차 들어가

유토피아처럼

유토피아처럼 과일 가게는 철거반에게 헐리고
새로 지은 상가의 층계는 말쑥하다
아파트로 들어가는 차량들과 삶이
즐거운 부인들이 구경하는 데서 냄비와 물통과 문짝과
딸아이의 속옷까지
맥없이 끌려 나와 널브러지는데
대단하다 정말 수차례 당해 본 사람처럼

담담하게
두 딸과 남편의 도시락을 오늘 아침에도
꾸려 주는 저 아주머니

오늘도 어디로

꽃이 지고
피기도 하는 이 밤에 벽이
울리는 기침을 누가 자꾸 한다
개 짖는 소리
흐르는 전류와 취한의 노래
자동차 급 브레이크
사이 사이로
벽이 울리도록 누가 기침을 한다

둥둥 떠 있는 선인장 꽃
떠 있는 지붕들
(위험하다!)
나뭇잎들은 뒹굴며 낮은 곳으로 몰리고
어제의 무수한 별들은 한순간도
제힘으로 스러지지 않고 오늘도
착각인가 한 무리의 그림자가
별을 펄쩍펄쩍 넘나든다
(위험하다!)

어둠을 풍차처럼 돌리며

한 무리의 사람들은 잠 속에서 어디로 가는가
알 수 없어라
밤이 다시 아침으로 발전하는 것

꽃이 지고
피기도 하는 이 밤에 벽이
울리는 기침을 누가 자꾸 한다

고립된 우리는 각각 고립되어

우리는 소낙비를 만난다.
비를 피해 길가 원두막에 빈 두레박처럼 올라간다.
참외와 수박 그 뿌리들이 빗물에 풀려 흐르는 동안
큰 산도 낮아지는구나. 원두막만 높고
과원(果園)도 고추 밭 풀도 발을 움츠린다.
고립된 우리는 각각 고립되어 앉아 있다.
나무 사이로 떠다니는 지평선 위로
띄엄띄엄 놓여 있는 아이들과 젖은 책가방
이 빗속에 과일들은 모서리를 게워 내고
산이 몸을 씻는지
산을 더듬는 구름이 검고 금세 풍만하다.
비를 넘어뜨리며 울부짖는 아름드리 나무들과
비와 함께 넘어지는 풀들을 이끌며
멀지 않은 인가로 드세어지는 흙탕물
저기 풀숲에 내려 쉬고 있는 하늘

지독한 이 어둠보다 더 무서운

풀들의 굽은 뼈가 매섭게 반짝인다
길들은 찢긴 믿음처럼 어둠 속을 떠오르고
안면에 와 부딪치는 날카롭고 육중한 어둠의 세력에
가담하며 무서워 나도 이곳에 멈춘다
어둠을 부추기며 바람이 지나간다
멀리서 들리던 물소리도 비틀리고
풀들의 몸 엉키는 소리가 위태롭게 차오른다
날개가 뒤집힌 채 새들은 비틀거리며 어둠을 옮기고
만물의 어두운 그림자를 넘어가는 바람의 가속도에 밀
리며
먼 곳으로 이 밤도 별이 추락한다
지독한 이 어둠보다 더 무서운 곳곳에서
사람들이 어둠을 가로질러 어둠 속으로 들어간다
어둠 속에서
사람들의 미래가 거대한 태(胎)처럼 얽힌다
그 위로 울퉁불퉁한 산맥이 결빙한다
달을 뜯으며 어둠의 힘만 하늘까지 번들거리고

민들레 꽃

가랑이 사이에 묻혀 있던 그녀의 얼굴이 들린다
천천히 그러나 단호하게
태양의 궤도가 그녀 쪽으로 바뀐다
먼 곳으로 질주하던 바람이 급하게 멈췄다가
가던 길을 장악한다 이 순간에도 길이 있는
그곳에 부지런히 때를 입히는 수많은 별들 때문에
길은 한결같이 양끝이 흐리다
그곳으로부터 억만 년 오고 가는 사람들과 태양은
그늘을 왕성하게 늘어뜨리고 대지는
그 아래서 힘껏 육신을 굴리고
누렇게 뜬 그녀의 얼굴 위로
세상이 한동안 오묘하게 정지한다

날아가리라!
죽음마저 신선하지 않은 고인 물속 같은
이 밝은 평화를 버리고
산산이 부서지고
가벼워져

밤안개

길을 걸으며 어둠을 들이받으며
어둠의 불규칙한 맥박을
만질 것도 같았다.
대단한 혈통 같은 어둠의 갈비뼈 사이로
꿈틀거리는 별빛이 흘러들고
비명을 쏟으며

그 싱싱한 뒷모습에 맞물려 꽃이 피고
울음이 울음을 막는 낭떠러지에
주저앉는 우리를 꽃이 일으켜 세우고
아름답게 눕히고

밤길을 걷는 내게
최종 결론처럼 안개가 내렸다.

바다

반짝이는 모래들은 모두 말라 있다.
물이 가까워 더욱 마른 모래들

빛을 확장하는 모래밭 위로 새들이
가까운 죽음처럼 어른거린다.

지구를 감고 도는 느린 물줄기 곁에서
모래층을 바꾸며 휘청이는 우리들의 다리에
가까운 무인도가 덫처럼 걸린다.
바다는 늘 이곳에 있다.

우리들 낮은 곳의 모래층을 적시며
명쾌하게 새를 날리기도 하면서
바다는
늘 이곳에 있다.

보름달

새털이 날린다
이맘 때면 신곡(神曲)의 마지막 장이 읽히고
사람마다 하나씩 손거울을 들고 선다

노을

응어리진 말을 불쑥 내뱉아 놓고
그 물컹해진 콩팥 속으로
한 발짝 한 발짝 빨려 들어가며

꽃

오래 울어 본 사람은
체념할 때 터져 나오는
저 슬픔과도 닿을 수 있다.

지금 이 순간처럼

국방색의 가로수들이 시민보다 많은 거리를 그와 함께 걸었습니다 사대문마다 담쟁이들이 성벽을 점령하고 한층 벽을 쌓고 있었습니다 돌아보니 몽땅한 그와 내 그림자에 쓸려 우리가 지나온 길이 반짝였습니다 우리를 막아서던 가로수에 걸린 그가 땅 밑으로 넘어졌는지 그는 흔적도 남기지 않았습니다 꽃들은 너무도 차가워 뜨신 내 몸이 닿으면 표독스럽게 시들었습니다 가로수 밑으로 강줄기가 모이는지 가로수 그늘 아래 앉은 사람들만 절로 풍요했습니다 나는 그들에게 가서 그를 열거하다 더듬거리다 쓰러 졌습니다 육중하게 일어서는 바람 소리를 들으며 나는 황급히 깊은 거리 속으로 옮겨 갔습니다 달이 찼습니다 시민들의 살집 속으로 푹푹 달빛이 빠지는 지금 이 순간처럼

비 오는 풍경에서부터

젖은 사람들이 간다
집들이 조금씩 기운다
빗물이 내 몸으로 흘러드는지
가라앉으며 섬이 불쑥 다가온다
질경이 강아지풀 동백
뽕나무 열매 깎인 바위
섬의 맥박 같은 무덤들
섬으로 물을 미는 사방 바다
노인들
섬에도 비가 온다
폭풍우 속 비틀거리는 섬 하나
아, 그림자도 젖은 사람들의 쉰 목소리가
벼랑에 핀 꽃보다 아름답다
밤이 오고
밝게 달리는 비, 비

전설처럼

미나리 단을 이고 간
여인이 오고 있다
송사리 떼처럼 몰려다니는 나뭇잎 위로
겨울이면 겨울새가 찾아드는
누구에게도 불붙지 않는 세월
이 나라의 세월이 흘러가고
출렁이던 보리밭도 흘러가고
이제는 잦은 비
동구 밖 무지개도
그래서 아이마저 슬퍼 보이는
옹기종기 앉은
외로운 분지(盆地)
유성을 받아 안던 전설 같은 여인이
더덕골을 조심조심
내려오고 있다

꽃을 꺾다가

지축이 울리는 소리를 들었다.
일제히 날아오르는 새들을 보았다.
선로를 이탈하는 시간
온갖 열매들이 으깨져 뒹굴었다.
집들이 넘어졌다.

꽃 한 송이를 꺾는 동안

사진 속에는

바람이 불고 있다
돌멩이를 집어 군화의 흙을 떨고 있는 볼이 패인
사내 곁에는 계집아이의 긴 머리가 엉키고 있다
멀리 가 있는 아이의 눈을 들여다보며
바람은 번쩍이고 숲은 그들 뒤에서 사방으로 동요되고
군데군데 찢긴 그들의 미래가 다친 새처럼 푸덕인다
느슨한 햇빛 사이로 멀고 가까운 과거가 보인다
그림자를 제 몸 안에 가둔 산들과
꽃이 피고 져도
나비 한 마리 날고 있지 않은 그곳에

해당화가 피고

해당화가 핀다. 바지락을 캐는 여자들 등허리에도 모래
가 날리는 언덕에도 꽃 무더기가 그림자를 이끌고 서성거
린다. 쓸려 나간 바다 쪽에서 바람이 열고 오는 통로가
보인다. 이내 빛으로 꽉 차 버리는. 앉은걸음으로 깊은
발자국을 찍는 여자들의 손놀림에 걸려 멈칫하는 바닷새
들. 울퉁불퉁한 섬들이 별자리처럼 나타나고 마르고 바닷
물이 흩어져 널려 있는 갯벌과 여자들 주변에는 종일 역
류하는 물소리가 들린다. 중얼거리며 노래를 부르며 여자
들은 이따금 먼 바다와 눈을 마주친다. 바다가 해안으로
머리를 돌리는 동안 날은 또 저물어

부석사

월, 홍도쯤 가야 할까?

화, 비진도? 을숙도?

수, 소설책에 가슴을 문지르는 내 눈빛…… 살얼음판 위다

목, 탄탄하게 서는 것이 미쳐 웃어 젖히는 편보다 더 훨씬 지겹다

금, 쇠창살에 갇힌 내 머리

토, 문득 떠오르는 부석사(浮石寺)

일, 그 옆 어디쯤에 있을 듯한 약수터

3월

바람이 핼쑥하다
타고 있는 사람들의 발걸음
숨은 향기가 분수 같다
급소를 때리는 빗줄기
비틀대는 땅
산란기의 연어 떼처럼 거슬러 오르는
그녀는
물방울로 굴러 내린다
착각처럼
지나가는 사람들이 낯익어 보인다

남해 기행

길어지는 섬 그림자
허리를 슬며
안개가 끓어오르고 있었다
어둠이 몸을 풀며
뒤따라오고 있었다

바다에서 배 안에서
벽인 창을 사이에 두고
바라보는 바다

바다에서도 나는
나를 가두고
두드리고 끌고 끝내
뜨거운 저 안개로도
바닷물로도
숨구멍 하나 터주지 못했다

멀어질수록 서둘러
가까워지는 육지
바다보다 앞서 가는 어선들

문득
먼 미래의 물살이
빙산을 밀고 오는지
바다가 바닥을 드러내고 있었다
뱃머리가 흔들릴 때마다
바다의 기류가 바뀌고 있었다

안개가 두려운
창자 속에 섬을 하나씩 채워 넣고
배는 십계명처럼
우리를 끌고

돌아가는 우리들
그림자가
우리들의 무릎에서 안타깝게
잠들고 있었다

물과 벼랑

오규원

조은은 이 시집에 「전원일기(田園一期)」라는 네 편의 작품을 포함시키고 있다. 동시대 젊은 시인들에게서는 발견하기 힘든 이 '전원(田園)'이라는 제목 속에 그의 세계, 그의 시의 비밀이 있다. 아니, 그의 비극이 있다고 말해야 하리라.

그곳으로 옮기는 이삿짐을 꾸리며 가족들은 평화로운 날들이 주렁주렁 열리리라 믿었다. 즐비한 돼지우리와 뒷간 악취도 신비롭던 그 봄 잡목 숲을 일궈 과실나무를 심었다. 어린 과실나무가 빗물을 걸러 먹는 소리를 들으며
— 「전원일기(田園一期) 1」

묘사되어 있는 "그곳"을 사실적으로 말한다면 '전원'이

라고 불러야 할 특별한 전원적인 조건이나 그 무엇이 드러나 있는 곳이 아니다. 우리들이 익숙한 대로 말하자면 "그곳"은 농촌이다. 그곳, 그 농촌을 굳이 '전원'이라고 고집하고 싶어 하는 심리적 기저에 그의 비극은 도사리고 있다.

전원은 농촌과 다르다. 전원은, 말의 일반적인 의미에서의 전원은 농촌과 마찬가지로 도시와 대립한다. 그러나 농촌과 달리 경제적·사회적·문화적 낙후를 우선적으로 하지 않는다. 오히려 반도시적 경제·사회·문화로 도시와 적극적으로 대립한다. 조은의 작품 속의 전원은, 그러나, 경제적, 사회적, 문화적으로 농촌과 다름이 없다. 글자 그대로 밭과 과수원이 있을 뿐이며, 더 있다면 "즐비한 돼지우리와 뒷간 악취도 신비롭던 그 봄"이라든지 "어린 과실나무가 빗물을 걸러 먹는 소리"와 같은 것에 친화력이 강한 그의 의식이 있을 뿐이다. 그러므로 시에서 드러나는 것은 전원일 수 없는 전원과, 그럼에도 불구하고 그의 강한 친화력에 이끌려 시 속에 고개를 내밀고 있는 전원적 사물들의 모습이다.

도깨비바늘이 파고드는 그의 살 속에서 친숙한 말들이 수더분히 떨어졌다.

———「산」

쉬고 싶은 씨앗들이 우루루 일어섰다.　　　———「산」

새가 날아간 곳으로 나무들은 쉬지 않고 가지를 뻗는다
　　　　　　　　　　　　　　　　　──「마이산에서」

그곳에 부지런히 때를 입히는 수많은 별들 때문에
길은 한결같이 양끝이 흐리다
　　　　　　　　　　　　　　　　　──「민들레 꽃」

바람이 불어오는 곳으로 반전하는
목화밭
　　　　　　　　　　　　　　　　　──「산이 무너지고」

누가 웃을 때 줄기 혹은 잎에 옷자락이 비친다.
　　　　　　　　　　　　　　　　　──「숲」

어두운 물의 걸림돌로 소는 멈춰 있습니다
　　　　　　　　　　　　　　　　　──「반란처럼」

　작품의 곳곳에 산재해 있는 이러한 정황들을 단순히 잘
그려진 이미지로만 읽을 때, 조은의 시에서 우리는 많은
것을 놓치게 된다. 이것이 우리가 어느새 잃어버린 전원
적 감수성의 뿌리이기 때문이다. 그 사물들은 대부분의
시에서 그려지듯 농촌의 현실을 비판하기 위해 차용된 것
도 아니며 순수한 자연도 아니다. 그것은 보다 포괄적이
고 인간과 함께 살고 또 살아 있는 존재다.

그는 섬기던
산이 무너진 곳에 밭을 일구었다

　　　　　　　　　　　　　　　——「산이 무너지고」

연일 폭락하는 값에 판매를 위탁한 과일이 실려 나가고
아버지가 뿌리치는 밥상이 마당에서 우주처럼 돌았다
(중략)
밤마다 부엌에서 범죄처럼 소리 죽여 밥을 먹어도

　　　　　　　　　　　　　　——「전원일기(田園一期) 2」

　그러나 전원을 전원일 수 없게 하는 현실 앞에서 그는
속수무책이다. "어린 과실나무가 빗물을 걸러 먹는 소리"
를 듣는 것도, "섬기던/ 산이 무너진 곳에 밭을 일구"고
"연일 폭락하는" 과일의 값을 듣는 것도 한 사람이다. 이
엄청난 괴리 속에서 그는 "아버지가 뿌리치는 밥상"이 마
당에서 "우주처럼" 도는 것을 본다. 우주처럼! 그 순간
은, 그러므로, 삶이 "밥상"으로부터 자유롭지 못하며,
"우주"가 밥상처럼 축소되어 확인되는 비극의 순간이다.
그런 다음, 드디어, 밥 먹는 일이 "범죄처럼" 느껴지는
날들이 오고 꿈과 현실 사이의 공간은

　고향보다 친숙한 어둠

　　　　　　　　　　　　　　　　　　——「시(詩)」

으로 꽉 찬다. 그곳에서 사람들은 웃을 수 없다. 그곳에
서 그가 발견한 웃음이란 우리의 상상을 넘어선다. 웃음
또한 밥 먹는 일처럼 죄악시되고 있기 때문이다.

> 물이 빠진다 웃을 때마다
> 몸에 고인 한 모금의 물마저
> 빠진다
>
> ——「웃을 때마다 물이」

그 '웃음'은 "몸에 고인" 물을 빠지게 한다. 더 정확하
게 옮겨 적자면 "한 모금의 물마저" 빠지게 하는 것이므
로 '웃으면' 생명에 위험이 오는 존재다. 그 "한 모금의
물"이야말로 전망 부재의 그의 세계 속에서 그를 숨 쉬게
하는, 전망적 가치를 키우는 유일한 존재다.

> 산란기의 연어 떼처럼 거슬러 오르는
> 그녀는
> 물방울로 굴러 내린다
>
> ——「3월」

> 형체도 삭아 버린 대지를 쓰다듬으며 물소리가 안개 속
> 에서 파문을 일으킨다
>
> ——「섬」

멈춰 있는 물처럼 이토록 몸이 굳어

— 「그늘」

돌들이 아직도 제 몸에 물 가두는 소리.

— 「밤이 덮은 나무들은 밤보다 더 어둡고」

가장 낮은 자세로
성숙하는
강의 저 율동

— 「사물(四物)」

흘러넘치지 않는다 우리의 물

— 「사물(四物)」

"물방울"을 "3월"로 읽고, "물소리"가 "대지를 쓰다듬
고" 또 "안개 속에서 파문을 일으"키는 존재로 느끼고,
"몸이 굳어"지는 것을 "물"이 굳어지는 것과 동일시하고,
"돌"이 "제 몸에 물 가두는 소리"를 듣고 있는 이들 시구
만 보아도 그가 얼마나 '물'로 세계와 삶을 보고 있는지
능히 짐작할 수 있다. 그러므로, 그에게 있어 물이란
'물'인 동시에 '불'이다.

　　나는 냇가 바위처럼 가라앉았습니다. 가라앉아 차갑게

타고 있었습니다.

──「오늘은」

보라. 바위가 가라앉아 있는 것은 "차갑게 타고" 있기 때문이다. 그러니까 그의 정신, 아니 그의 물은 차갑게 타는 불이다. 그 물은 "가장 낮은 자세로/ 성숙하는 강"을 이루고 바다로 가며 대지를 '차갑게 태워' 푸른 숲을 가꾼다. '강'이 위치를 위로 이동하면 '하늘'이 된다.

고구마의 전분, 사람의 피, 소의 젖, 그런 것들이 별로 보인 오늘은 나의 하늘이 나를 짓이겼습니다. 하늘의 별, 사람의 눈, 나무의 잎사귀, 뿌리, 가지, 돌멩이 모두 흘러들어 허둥대는 나를 짓이겼습니다. 하늘이 마구 흘러내렸습니다.

──「오늘은」

"고구마의 전분", "사람의 피", "소의 젖", "하늘의 별", "사람의 눈", "나무의 잎사귀, 뿌리, 가지", "돌멩이", 이 모두가 형태는 다르지만 동일한 가치와 생명으로 반짝일 때, "별"로 보일 때, 그때 "하늘" 또한 "마구 흘러내"리는 강과 다르지 않음을 본다. 이러한 깨달음, 이러한 삶의 호흡은 언제나 충분한 '물'을 필요로 한다. "우리의 물"은 그러므로 "넘치지 않는다."

그는, 그러나, "어둠이 모이는 개울"(「반란처럼」)에 있다.

소 한 마리가 개울에서 물을 먹고 있습니다
굳어 있던 모래밭이 소의 등을 넘어 이곳으로 기울고
어두운 물의 걸림돌로 소는 멈춰 있습니다
                                  ——「반란처럼」

　이때의 "소"는 그의 다른 모습이다. 물을 먹으며 "물의
걸림돌"인 소는 고통스러운 자기의 현재화다. "멈춰" 서
있기는 하지만, "소"는 "들판"이나 "외양간"으로 가야 한
다. 그래서 그는

소 한 마리가 개울을 건너옵니다
반란처럼 제 외양간으로
                                  ——「반란처럼」

라고 적는다. 먹는 일이 "범죄처럼" 느껴질 때, 들판이 아
닌 집으로 묵묵히 돌아오는 것은 "반란"의 형국이 아닌가.
　전원 아닌 전원을 떠나 삶의 공간이 도시로 바뀌어도
어둠은 여전하다. 아니, 그 "소"의 귀가처럼 약간의 광기
를 머금고, 더 어둡고, 어느새 "달도 없이 별만 날카롭다."
(「쓰레기하치장 2」) 그리고 사물들은 조금씩 관념화하기
시작한다. 자기반성 또는 자기비판의 시각에 의해 대상들
이 시적으로 왜곡당하기 시작한 증거다. 그런 증거는 "그
곳"을 떠나 이곳까지 이어지고 있는 도정을

길은자궁속까지사람들을끌고들어가
수렁같은칭찬을아끼지않았다

—「병(病)」

고 하는 자조적 표현 속에 잘 드러난다. 그의 시 쓰기는
이 "병"을 이겨 내기 위한 자구책이다. 더 자세히 적자면
전원적 지향의 정신이 자기 회복 또는 자기 수정을 위한
운동이다. 이러한 그의 세계를 아름답게 묘파한 「시(詩)」
라는 작품을 그대로 옮겨 보면 다음과 같다.

왜 이렇게 정강이 뼈가 덜그럭거릴까
혼자
문밖에 나와 앉는다
고향보다 친숙한 어둠의
새로 돋은 떡잎을 뜯어내며
네게로 가는 길 구석구석마다 불빛을 내거는
이 축축한 발광(發光)
이 축축한 풍요
아아 문득
저 먼 곳으로부터 못 박혀 오는
석탄같이 아득한 파도 소리
왜 이렇게 정강이 뼈가 덜그럭거릴까
오늘 이 밤이 천국만큼 멀다

그의 정강이 뼈는 "덜그덕거"린다. "자궁 속까지 사람들을 끌고 들어가 수렁 같은 칭찬을 아끼지 않"는 길을 온 "병" 때문이다.(이 시구가 보여주듯, 그의 절망은 삶에 대한 일반적인 애찬을 거부한다. 그 거부가 현실적 경험에 의해 이루어져 있으므로, 그는 그것을 병이라고 부른다.) 그와 동시에 "높은 산 그림자가 흩어지며 어른거"리며 아직도 잊혀지지 않는 "그곳" 때문이기도 하다. 그가 혼자 문밖에 나와 있는 곳은 "빈 깡통 하나가/ 명멸하는 이곳의 어둠을 낮게 베며 뒹"굴고(「쓰레기하치장 2」), "기이하게 그림자가 닳고 있는/ 버섯 같은 날들"이 "밑도 없이 넘치"고(「쓰레기하치장 3」), "떠 있는 지붕"(「오늘도 어디로」)이 줄지어 있어 불안을 가중시키는 곳이다. 그리고 "유토피아처럼 과일 가게는 철거반에 헐리고/ 새로 지은 상가"(「유토피아처럼」)의 말쑥한 층계 한켠에서 "냄비와 물통과 문짝과/ 딸아이의 속옷까지/ 맥없이 끌려 나와 널브러"진 가운데, "담담하게/ 두 딸과 남편의 도시락을 오늘 아침에도/ 꾸려 주는" 아주머니가 사는 곳이다. 또한 노동자의 "굽은 등으로 걸터앉는 하늘"과 그 "하늘" 때문에 "먼 곳"이 안 보이는 곳이기도 하다.(「사람과 사람이 어울려」) 보이는 것은

　　쓰레기 더미에서 가려져 따로 놓여 있는
　　안락의자, 팔레트, 밤색 구두 한 켤레
　　　　　　　　　　　　　　　　──「쓰레기하치장 2」

이다. 이때의 "안락의자"와 "팔레트"와 "밤색 구두 한 켤레"는 얼마나 상징적인가. 이런 것들이 그의 "어둠"에 "새로 돋은 떡잎"들로 우거진다. 그래서 그는 그의 시를 "네게로 가는 길"의 구석구석에 내거는 불빛으로 "축축한 발광(發光)", "축축한 풍요"라고 적는다. 아니, 이것이 그의 시라고 주장한다. "축축한"이라는 이 한마디는 "이곳"에 와서, 아니 더욱 그가 '물'에 얼마나 젖어 있으며 또 집착하여 "차갑게 타"고 있는지를 즉각 알려 준다. 그는, 그렇다, "차갑게 타는" 바위처럼 "문밖"에 앉아 있다. 그 "문밖"은 "혼자" 있는 자리이며, 소외의 위치다. 또한 집과 세계와의 사이이기도 하다. 그 사이, 또는 그 위치에서 그는 "석탄같이 아득한 파도 소리"를 듣는다. 그 소리는 시꺼멓게 물결치는 파도, 또는 외양은 시꺼멓지만 안에서 철썩철썩 물결치는 석탄의 푸른 소리다. "석탄"이므로 그것 또한 타고 있다!

그러나, 그 파도 소리는 비극적이다. 그 소리는 이곳에 있지 않고 "먼 곳"에 있으며, 전원에서 들리는 소리가 아니라 다른 곳에서 '아득히' 들리는 소리이기 때문이다. "석탄같이 아득한 파도 소리"는 "먼 곳"에 있고, 가까운 곳은 전망을 어둡게 하는 것들 뿐이다. 그의 차가운 절망을 예증하는 시구들을 보라.

　　나를 사랑한다고 말하는 당신들의 말마다 모래가 날고
　있다　　　　　　　　　　　　　──「사랑의 위력으로」

우왕좌왕하는 아이들의 날갯죽지가 암표처럼
불편하다
                    ──「이곳이 왜 이리 시끄러운가」

손가락 한 마디도 포개지지 않는
그 피뢰침에는
별이 찔렸다

                         ──「십자가」

흙 속 뿌리가 삽을 물고 놓아 주질 않는다.
흙 속 돌들이 삽을 물고 놓아 주질 않는다.
그의 주검 곁 방향을 잃은 개미들 등으로
잡풀 그림자가 희끗희끗 옮겨 다니고
우리를 받아 뼈를 앉힐 땅도
주검을 호락호락 받아 주지 않는다, 않는다, 않는다.
        ──「땅은 주검을 호락호락 받아 주지 않는다」

  사랑이라는 말 속에는 "모래"가 날고, 아이들의 날갯죽
지는 "암표"처럼 불편하고, "손가락 한 마디도 포개지지 않
는" 피뢰침이 붙은 "십자가"(그것의 종교적 냄새!)와 그것의
피뢰침에 찔리는 별, 주검조차 호락호락 받아 주지 않는
"흙", 이 모든 것들이 그의 전망을 지운다. 그 속에서

  어디에 가서

돌이 되어 바람을 굴절시키는
단 한 사람을 만날 수 있으려나

───「저녁 무렵」

라는 그의 외침은 기대보다 자조에 가깝다. "돌"이 되어,
아니 "차갑게 타는" 돌이 되어, 잘못된 방향으로 불고 있
는 현재의 바람을 굴절시키는 사람에 대한 기대는, 그러
므로, 만나는 사람들이 모두 "살아 있는 절망들"(「사람들」)
이라는 인식의 소산이다. 이러한 관념적 진통은 "친숙한
말들이 수더분히 떨어"지던(「산」) 숲을 "살아 있는 절망들
이 엮"은(「사람들」) 것으로 보고 "무덤 같은 정의가 즐비
한" 곳으로 읽게 한다.

그가 듣는 "석탄같이 아득한 파도 소리"도 실제의 대상
으로부터 얻은 것이 아니라 그의 관념에서 들리는 소리
다. 때문에 바다에 도착한 그는 「바다」라는 작품에서 "물
이 가까워 더욱 마른 모래들"을 보며, "가까운 죽음처럼
어른거"리는 새들을 만나며, "가까운 무인도가 덫처럼 걸"
려드는 것을 느낀다. "가까운 무인도"가 한 순간의 유혹
인 "덫"인 것을 아는 그는 그곳으로도 갈 수가 없다. 그
럼에도 불구하고 '바다'에 대한 갈망을 뿌리치지 못하고

우리들 낮은 곳의 모래층을 적시며
명쾌하게 새를 날리기도 하면서
바다는

늘 이곳에 있다.

―「바다」

고 적는다. 그러고는

안개가 두려운
창자 속에 섬을 하나씩 채워 넣고
배는 십계명처럼
우리를 끌고

―「남해 기행」

가는 관념적인 여행을 계속한다. 그는 '물'이므로, 아니
'물'을 꿈꾸므로, '물'이 궁극적으로 도달하는 '바다'로
가고 있다. 그러나 그 길이 '물'의 길이기는 하나 땅속이
나 땅 위의 길이 아니라 "석탄같이" 시꺼멓게 타는 관념
의 길이다. "축축한 발광(發光)"을 위해서는 풀과 나무와
숲과 바위가 필요하다. 전원은 관념이 아니라 그런 사물
들의 땅이기 때문이다.

나는 그가 쓴 아름다운 한 편의 시를 이 시집을 내는
축하의 선물로 되돌려 줄까 한다.

벼랑에서 만나자. 부디 그곳에서 웃어 주고 악수도 벼
랑에서 목숨처럼 해 다오. 그러면 나는 노루 피를 짜서 네
입에 부어 줄까 한다.

아, 기적같이
부르고 다니는 발길 속으로
지금은 비가……

　　　　　　　—「지금은 비가……」

　"벼랑"에서 앞으로 갈 수 있는 길은 둘이다. 하늘로 날
아가든지 아니면 비탈을 타고 내려가든지가 그것이다. 물
은 하늘로 날기 위해서는 존재 전이를 해야 한다. 그러므
로 "비"와 함께 다시 땅으로 돌아오기를 희망하는 것이
다. "부디 그곳에서 웃어 주고 악수도 벼랑에서 목숨처럼
해 다오." 그렇다, 목숨처럼! 가파르고 위험하지만, 보잘
것없고 비틀린 것들이 그곳에 살고 있겠지만, 사랑하고
또 사랑해야 하는 사물들이 있는 그곳에 "노루 피를 짜서
네 입에 부어" 줄　존재가 있으리라.

　아, 기적같이
　부르고 다니는 발길 속으로

'비'가 올 때, 그때—

　　　　　　　　　　　　(필자 : 시인)

조은

1960년 경북 안동에서 태어났다.
1988년 《세계의 문학》에 시 「땅은 주검을 호락호락 받아 주지 않는다」,
「사람과 사람이 어울려」 등을 발표하며 등단했다.
시집 『무덤을 맴도는 이유』, 『따뜻한 흙』과
산문집 『벼랑에서 살다』, 『조용한 열정』 등이 있다.

땅은 주검을 호락호락 받아 주지 않는다

1판 1쇄 펴냄 1991년 10월 20일
1판 2쇄 펴냄 1995년 12월 20일
개정판 1쇄 찍음 2007년 4월 16일
개정판 1쇄 펴냄 2007년 4월 20일

지은이 조 은
편집인 장은수
발행인 박근섭
펴낸곳 (주) 민음사

출판등록 1966. 5. 19. 제16-490호
서울시 강남구 신사동 506번지 강남출판문화센터 5층 (우)135-887
대표전화 515-2000 / 팩시밀리 515-2007
www.minumsa.com

값 7,000원

ISBN 978-89-374-0597-6 03810